SUITE

DES

OBSERVATIONS PRÉLIMINAIRES

SUR L'AFFAIRE

DE M. BAVOUX;

Par M. DUPIN,

AVOCAT A LA COUR ROYALE DE PARIS.

PARIS.

A LA LIBRAIRIE CONSTITUTIONNELLE

DE BAUDOUIN FRÈRES,

RUE DE VAUGIRARD, N° 36.

DELAUNAY, LIBRAIRE, AU PALAIS-ROYAL.

1819.

SUITE

DES

OBSERVATIONS PRÉLIMINAIRES

SUR L'AFFAIRE

DE M. BAVOUX.

*Discussion de la première Partie
du Réquisitoire.*

Iʟ ne suffit pas d'avoir prouvé en termes gé-
néraux que M. le professeur Bavoux avait eu
le droit « de contester la justice ou la conve-
» nance de nos lois pénales, et d'en solliciter
» le changement. » Il est accusé, il faut des-
cendre aux justifications.

1

Mais, une première difficulté nous arrête d'abord. Quel est au vrai le texte de l'accusation ? Est-ce *l'arrêt de renvoi ?* Il ne présente qu'un seul passage argué ; un mot suffirait pour écarter les inductions qu'on en tire. — Sera-ce au contraire le *réquisitoire* de M. le procureur général ? Oh ! c'est autre chose. Ici les accusations se multiplient ; le manuscrit s'y trouve attaqué dans toutes ses parties ; les reproches ne sont pas même épargnés aux ratures , bien qu'illisibles, qui s'y trouvent.

Mais la loi du 26 mai 1819 est là pour décider la question. Elle porte, article 15 : « Sont » tenues la chambre du conseil du tribunal de » première instance, dans le jugement de mise » en prévention, et la chambre des mises en » accusation de la cour royale , dans l'arrêt de » renvoi devant la cour d'assises , *d'articuler* » *et de qualifier* les faits à raison desquels les- » dits prévention et renvoi sont prononcés , à » peine de nullité desdits jugement ou arrêt. »

Sans doute , les faits doivent être *articulés* et *qualifiés* dans la plainte (art. 6 de la même loi) ; mais ils doivent aussi et en outre être articulés et qualifiés dans l'arrêt de renvoi. L'article 6 doit être exécuté ; mais l'article 15 doit l'être également. On ne doit donc consi-

(3)

dérer l'accusation comme portant réellement que sur les passages transcrits dans le corps de l'arrêt. Il faut que l'accusé sache au juste de quoi il aura à se défendre : *Nec oportet in tanto crimine vagari*, dit la loi romaine (1).

Ce premier moyen de droit n'est pas une chicane : M. Bavoux tire de sa position même le droit et l'obligation de tenir sévèrement la main à l'observation des formes et des lois. Il est professeur de *procédure criminelle* ; il s'est élevé contre l'arbitraire ; il ne faut pas qu'on l'accuse d'avoir enseigné une vaine théorie ; il fait maintenant un *cours pratique* ; et disposé qu'il serait à tout sacrifier s'il ne s'agissait que de lui, il doit se montrer le défenseur de tous dans une matière encore neuve, et où il importe d'empêcher qu'on ne corrompe, par une jurisprudence vicieuse, une législation qui doit être la sauve-garde de toutes nos libertés. *Principiis obsta : serò medicina paratur.*

Toutefois, il suffit d'avoir présenté ce moyen et d'en avoir fait un chef de conclusions pour

______

(1) Adde Rapport de M. Cassaignoles ; — Opinion de M. Favard ; — et le Rapport de M. Catelan à la Chambre des pairs ; — dans l'ouvrage de M. Naylies sur les lois de la presse, p. 392, 418 et 562.

mettre la cour dans la nécessité de statuer dessus. — Du reste, et pour montrer à quel point M. Bavoux redoute peu de s'engager dans la réfutation du réquisitoire de M. le procureur général, nous allons nous y livrer immédiatement.

M. le procureur général commence par rendre compte des *événemens très-extraordinaires au moins et très-fâcheux*, qui se sont passés à l'École de droit de Paris.

Mais ce magistrat était mal informé au moment où il décrivait ces événemens. On en peut juger par ces expressions hyperboliques qui se trouvent dans la première partie du réquisitoire : *Tumulte effrayant, la plus furieuse dissidence, l'appariteur effrayé, grande véhémence, les fureurs* se calmèrent, on *vociféra,* on fit de *folles motions,* on cria à *l'espion,* on établit un *club, guerre civile, rixes, provocations, insultes, esprit de mutinerie, etc., etc.*

Il vaut mieux s'en tenir à la *relation officielle* de ces événemens, rédigée par la Commission des élèves de l'École, témoins oculaires des faits, et qui ne les ont livrés à la connaissance du public, qu'après une enquête sévère sur les plus petites circonstances de l'affaire.

Des élèves, le réquisitoire passe au professeur. — « *Qu'avait donc dit ce professeur?* »

Pour le savoir au plus juste, il faut user d'un moyen fort commode, connu depuis long-temps sous le nom de *perquisition*, ou, si l'on veut, de *visite domiciliaire*.

Ce qui étonne dans le réquisitoire, c'est d'y lire que M. le procureur général crut devoir prendre cette mesure *dans l'intérêt du sieur Bavoux lui-même.*

Si cela était avéré, M. Bavoux se serait effectivement montré bien ingrat, en protestant, comme il l'a fait, contre cette mesure *bienfaisante.* Il aurait presque mérité le reproche que lui adresse M. le procureur général, en termes fort acérés, *de n'avoir pas rougi* de se livrer à *d'indécentes protestations,* d'avoir lutté *audacieusement* contre la justice, de s'être *révolté* contre ses ordres par de *bizarres oppositions* : « Conduite tout-à-fait *in-*
» *compréhensible* et *inexcusable* ; conduite
» enfin *si inexplicable, si extraordinaire* ,
» qu'il serait permis d'y supposer l'intention
» de n'avoir pas voulu autre chose par cette

» *rébellion* (1) , que se ménager la nuit, pour
» avoir le temps de faire disparaître de cet
» inquiétant manuscrit quelques propositions
» dont l'inculpé finissait par s'effrayer lui-
» même. »

Cela revient à ce que dit plus haut M. le procureur général, *qu'il craignait que le sieur Bavoux n'altérât son manuscrit*. Au surplus, cette crainte aurait été fondée, et M. Bavoux aurait eu réellement cette mauvaise pensée, qu'assurément il lui aurait été de toute *impossibilité* de l'exécuter : car avant de se retirer (après avoir été *vaincu dans cette déplorable lutte*), M. le commissaire avait pris la précaution indiquée par le réquisitoire, de mettre sur les portes et fenêtres du cabinet de M. Bavoux le plus rigoureux *scellé*.

Le lendemain ce magistrat, revenu dès le matin avec force serruriers , a trouvé les scellés *sains et entiers;* il l'a consigné dans son *procès-verbal*, avant de procéder à leur *levée*. Comment donc M. Bavoux aurait-il pu toucher à cet inquiétant manuscrit qui était sous le scellé ?

----

(1) *Nota benè*. On appelle rébellion , une protestation *juridique*, faite *le Code à la main !*

Il est dit dans le réquisitoire, que le lendemain matin M. Bavoux était devenu *fort doux*. M. le procureur général attribue cela à « la nuit qui, dit-il, avait *apporté conseil*, » ou bien avait *suffi aux intentions* du sieur » Bavoux. »

Je n'aime pas ces accusations qui ne portent que sur une alternative, ou bien ! Quand on accuse il faut être sûr de son fait ; il faut pouvoir affirmer en connaissance de cause, *ou bien* il ne faut pas accuser.

J'ai déjà dit que la nuit n'avait pu suffire aux intentions *supposées* de M. Bavoux ; et je l'ai prouvé par le fait légal du scellé, mis le soir avant le départ du juge, et reconnu intact à son arrivée, le lendemain matin.

Que la nuit porte conseil : c'est un proverbe sans doute ; c'est même un proverbe applicable en fait de jurisprudence, et dont chacun peut faire son profit. Car on lit dans un vieux livre in-4°, ordinairement relié en parchemin, et qui a pour titre *Opuscules de Loisel*, page 158, édition de 1656, « *La nuit porte conseil ;* » c'est par cette raison que la justice et l'exé- » cution d'icelle se doivent toujours faire de » jour. » A quoi j'ajouterai, comme conséquence du proverbe précité, que je voudrais voir dans le Code d'instruction criminelle un article portant qu'il y aura toujours au moins *une nuit* d'intervalle entre la rédaction et la signature d'un acte d'accusation.

Mais hâtons-nous :

Le voilà donc connu, ce secret plein d'horreur!

On tient le manuscrit; mais fi! quel manuscrit! « Ce manuscrit représenté couvert de » renvois, de ratures, de petits morceaux de » papier recollés sur les pages primitives, est » dans un état de *saleté* et de désordre, an- » nonçant dans son auteur un *travail pénible* » *et difficile*, qui ne laisse qu'un regret au lec- » teur, celui que la difficulté dans le travail » n'eût pas été plus grande encore, et assez » grande pour empêcher d'éclore une con- » ception dans laquelle le *désordre du maté-* » *riel* est un indice très-fidèle du *désordre des* » *idées.* »

Ce n'est pas le tout que la forme ; M. le procureur général trouve la *composition lourde et laborieuse*, etc.

Cette critique, purement littéraire, a excité les réclamations de plusieurs journaux. L'un (1)

____

(1) l'Indépendant du 28 juillet, note (5), sur le réquisitoire.

s'est demandé, « s'il entrait dans les attribu-
» tions de M. le procureur général de faire
» la critique littéraire du manuscrit de M. Ba-
» voux ? Nous pensions, dit-il, qu'il n'était
» permis qu'à nous autres journalistes d'user
» et d'*abuser* de ce droit. » — « Nous sera-t-
» il permis, a dit un autre (1), de demander
» au magistrat dans quelle section du Code il
» classe les délits de *composition lourde et*
» *laborieuse*, etc.

Nous ne voulons pas transcrire le reste de
l'interpellation ; ce que nous en avons rapporté
suffit pour montrer que les accusations qui ne
consistent que dans les *qualifications inju-*
rieuses données soit à l'auteur, soit au manuscrit, ne méritent pas une réfutation plus sé-
rieuse. C'est à regret qu'on se voit forcé de
relever, dans la défense, des *personnalités* qui
n'auraient pas dû se glisser dans l'accusation.

A quoi bon, en effet, et de quel droit (car
j'irai jusque-là) insulter ceux qu'on est seulement chargé d'accuser ?

Que penserait-on de la modération d'un
magistrat qui, interrogeant un voleur, l'ap-

____

(1) Le Constitutionnel du 29 juillet.

pellerait *voleur*, *brigand*, *scélérat*, au lieu de l'interroger sérieusement sur le fait principal, qui seul fait la matière de l'accusation ?

Qui a pu autoriser M. le procureur général à employer contre M. Bavoux, les épithètes les plus insultantes, je ne dis pas seulement pour critiquer ses leçons, sous le point de vue littéraire de leur composition, mais pour attaquer sa personne même, en l'appelant *président de club*, *moteur de désordre*, *professeur téméraire*, *convulsionnaire frénétique*, *déclamateur démagogue ;* en l'accusant *d'impéritie qui arriverait à la lourde faute*, *d'entêtement*, d'avoir un *mauvais esprit ;* d'affecter une *fausse modestie !*

M. le procureur général a-t-il pu perdre un instant de vue que M. Bavoux est non-seulement professeur, mais juge ; qu'à ce titre il est inamovible ; que le lendemain de son absolution il remontera sur le tribunal, et que l'accusation une fois écartée, il importe à la société que sa personne demeure entourée de cette considération qui fait la vie et la force du magistrat.

Une chose a surtout choqué M. le procureur général dans le manuscrit de M. Bavoux :

ce sont les *ratures*. L'œil, dit-il, en est *offus-
qué !*

A cette occasion, M. le procureur général
« *croit devoir avoir* l'honneur de faire observer
» à la Cour que ces ratures, perdues dans les
» ténèbres qu'a créées avec tant de travail leur
» auteur autour des idées qu'elles enseve-
» lissent, se retrouvent toutes dans des en-
» droits fort *suspects.* » Suspects ! Ah ! quel
mot en matière criminelle !

Mais ce mot fatal qui a causé la ruine et la
mort de tant de victimes, à quoi sert-il ici ?
absolument à rien ; on va s'en convaincre par
le dialogue que M. le procureur général établit
avec lui-même dans l'acte d'accusation.

.....« Le sieur Bavoux, dit le réquisitoire,
» se laissait-il aller à cet endroit à un relâ-
» chement de morale sur des actions repréhen-
» sibles ? *On n'en sait plus rien, la rature a
tout détruit.* »

On n'en sait plus rien, et pourtant on accuse !

« Au recto du folio 5..... Devenait-il en
» cet endroit trop hardi ? *Une rature empêche
» de le savoir.* »

Elle devait aussi empêcher d'accuser.

« Au reste du bas et au verso du haut du

» feuillet n° 6, *il y a une grosse et longue et
» illisible rature....* Que contenait cette demi-
» page ? *Sûrement* des choses dont l'audace
» de l'auteur lui-même s'est effrayée.... Mais
» ce n'est plus qu'une *conjecture* ; la rature
» interpose son voile officieux et *impéné-*
» *trable.* »

S'il est *impénétrable*, comment former
même une simple *conjecture ;* et si ce n'est
en tout cas qu'une simple *conjecture*, pour-
quoi affirmer que *sûrement*, etc. ?

« Au verso du feuillet 7, l'auteur décri-
» vait avec complaisance ce que l'esprit de
» parti est convenu d'appeler la *terreur de*
» *1815... Une longue et indéchiffrable rature*
» se trouve en cet endroit. »

Ici, M. le procureur général aurait-il de-
viné au juste ce qui était sous la rature ?
M. Bavoux s'en inquiéterait peu. Il prierait
M. le procureur général de se reporter à l'ordonnance libératrice du 5 septembre ; et il
appellerait tous les souvenirs (hélas! trop ré-
cens) qu'ont laissés après elles « ces lois
d'exception , qui (au dire non suspect de
M. le comte de Castellane, dans le dévelop-
pement de sa proposition , tendante à la ré-

vocation de la loi du 9 novembre) « étaient
» devenues l'objet d'un DÉGOUT UNIVERSEL. »

Mais ce n'est pas tout : non-seulement l'auteur du réquisitoire s'évertue à rechercher ce que M. Bavoux a pu vouloir penser *sous le voile officieux de ces impénétrables ratures ;* mais encore, comme il veut tout savoir, il se demande : « *Quand ces ratures ont-elles été* » *faites ?* »

Il répond à cette question par d'autres questions.

« L'auraient-elles été durant la nuit qu'à » force de rébellion envers la justice, le sieur » Bavoux a arrachée au magistrat chargé de » faire la saisie du manuscrit ? » J'ai déjà dit et je prouve par le scellé que cela est impossible.

« Si elles ne l'ont pas été durant cette nuit, » l'ont-elles été du moins depuis les événe » mens du 29?... » — (Suivent d'autres ques tions.) — Bref, M. le procureur général n'en sait rien.

Du moins ici il doute, il questionne, il hésite. Mais, dans un autre endroit de son réquisitoire, M. le procureur général est plus affirmatif. A l'endroit où il établit une longue discussion sur « la couleur de l'encre, qui,

» *quoique vieille, a perdu tout son éclat ;* »
sur cette autre encore, qui, à la différence de
l'autre, « retient encore avec un peu d'humide
» la poudre dont elle a été saturée ; en sorte
» qu'en y passant le doigt, on éprouve le
» contact rude d'un corps grumuleux; » dans
cet endroit enfin où l'auteur du réquisitoire se
complait dans ce qu'on pourrait appeler de
l'accusation descriptive ; il affirme que ces
ratures sont ÉVIDEMMENT *très-nouvelles.* Et d'où
ressort cette évidence ? De ce que l'encre des
vieilles ratures a perdu tout son éclat, tandis
que l'encre des jeûnes conserve tout le sien.
Mais malheureusement il n'en est pas de l'encre comme de la beauté, qui perd tout son
éclat en vieillissant; au contraire, il est de fait
(et le notaire Cottin en a fait fort sensément
la remarque à M. le commissaire); il est de
fait que l'encre noircit en vieillissant.

Mais je reviens sur cette supposition vrai-
ment odieuse, que M. Bavoux aurait raturé
son manuscrit dans la nuit pendant laquelle
ce manuscrit était sous le scellé ; et je fais des
questions à mon tour; et je demande dans
l'intérêt de M. Bavoux, si M. le procureur
général qui n'ose pas l'accuser de *bris de scellé ,*
qui ne le pourrait qu'en arguant de faux le

procès-verbal de reconnaissance des scellés, a le droit de s'abandonner ainsi contre M. Bavoux, professeur et juge, à des insinuations perfides qni, sans avoir le caractère et la consistance d'accusation, tendent cependant à jeter sur ce magistrat d'injustes soupçons ?

Ce manuscrit d'ailleurs a été enlevé des mains de M. Bavoux sans description préalable. Qui lui garantira par conséquent qu'il est précisément dans le même état où il était quand il lui fut ravi ? Ici, M. Bavoux se garde bien d'accuser personne ; mais il a voulu, en rétorquant la question, montrer la légèreté des soupçons auxquels on s'est abandonné contre lui dans le réquisitoire.

Nous arrivons ainsi au corps même de l'accusation. A l'audience, nous rétablirons les faits ; on verra que tout le désordre doit être imputé à l'imprudente et hasardeuse intervention du doyen.

Nous montrerons comment la jalousie de métier, l'ambition, la haine, l'esprit de parti se sont acharnés contre M. Bavoux.

Et en effet, qui pourrait douter en voyant toute l'utilité que certains hommes, certains journaux, certaines coteries ont voulu tirer de cette affaire, soit en incriminant en masse cette brillante jeunesse qui fait la force, l'espérance et l'orgueil de la patrie ; soit en accusant le système d'instruction publique en soi ; que le cours de M. Bavoux a été troublé à dessein, pour arrêter, dans leur élan constitutionnel, et les professeurs et les étudians, et pour paralyser dans son exécution cette ordonnance du Roi, qui promettait un enseignement plus complet, plus libéral, plus généreux ?

Vains efforts ! le système constitutionnel présente trop d'avantages à la jeunesse française, pour qu'elle s'aveugle elle-même au point de les méconnaître : étrangère aux souvenirs de l'ancien régime ; élevée dans la juste horreur des excès de 93 ; mais en même temps nourrie dans le légitime espoir de jouir des droits pour lesquels nos pères ont si long-temps combattu, elle accomplira ses nobles destinées.

Ces estimables étudians, si indignement calomniés (1), n'oublieront pas, sans doute, qu'il faut constamment obéir aux lois : loin de troubler jamais l'ordre si heureusement établi, ils s'en constitueront les premiers défenseurs ; également éloignés de la licence et de la servitude, ils ne s'attacheront qu'aux pensées gé-

---

(1) Qu'on se rappelle le drapeau blanc du 2 juillet 1819.

néreuses : et quand on leur parlera de la révolution, soit pour les intimider, soit pour les
séduire ; afin de mieux rendre l'idée qu'ils en
auront conçue, ils emprunteront les paroles
même de l'accusateur que je combats ; ils s'é-
crieront avec lui dans cet éloquent plaidoyer (1)
où il a porté si haut la gloire de la défense :

« Nous, *enfans adoptifs de la révolution ;*
» nous, qui n'avons vu subir à aucuns des nô-
» tres ni persécutions, ni proscriptions, ni
» exils ; sachons apprécier le bonheur de pou-
» voir *au sein d'une patrie sortie d'esclavage,*
» goûter à la fois les généreuses jouissances que
» donne la liberté, et les plaisirs si doux de la
» famille et de l'amitié. »

---

(1) Plaidoyer de Me Bellart pour Adélaïde de Cicé,
page 136.

IMPRIMERIE DE BAUDOUIN FRÈRES,
RUE DE VAUGIRARD, n° 36.